Pour Simon,

d'un homme de mots à un
autre, ces quelques souvenirs de voyages réels et
rêvés. Bonne lecture et
bonne écoute !

Eric

2002

Terre des pigeons

Éric Gauthier

Terre des pigeons

Planète rebelle

Planète rebelle
Fondée en 1997 par André Lemelin

6742, rue Saint-Denis, Montréal (Québec) H2S 2S2
Téléphone : (514) 278-7375 — Télécopieur : (514) 278-8292
Site web : www.planeterebelle.qc.ca
Adresse électronique : info@planeterebelle.qc.ca

Direction littéraire : André Lemelin
Conception de la couverture : Éric Gauthier et Tom Fowler
Conception graphique des pages intérieures : Lise Coulombe
Illustrations : Tom Fowler
Impression : Imprimerie Gauvin ltée

Les éditions Planète rebelle bénéficient des programmes d'aide à la publication du Conseil des Arts du Canada, de la Société de développement des entreprises culturelles du Québec (SODEC) et du « Gouvernement du Québec – Programme de crédit d'impôt pour l'édition de livres – Gestion SODEC »

Distribution en librairie :
Diffusion Prologue, 1650, boul. Lionel-Bertrand
Boisbriand (Québec) J7H 1N7
Téléphone : (450) 434-0306 — Télécopieur : (450) 434-2627

Distribution chez les disquaires :
Local Distribution (SOPREF)
2003, rue Saint-Hubert, bureau 3, Montréal (Québec) H2L 3Z6
Téléphone : (514) 845-9994 — Télécopieur : (514) 845-9924

Distribution en France :
Librairie du Québec à Paris
30, rue Gay-Lussac, 75005 Paris
Téléphone : 01 43 54 49 02 — Télécopieur : 01 43 54 39 15

Dépôt légal : 3e trimestre 2002
Bibliothèque nationale du Québec
Bibliothèque nationale du Canada
ISBN : 2-922528-30-8

Table des matières

La Tribu du Douzième **11**

Le poids de la marmite **17**

Métro **27**

Comment Ganesh s'est retrouvé
pogné avec une tête d'éléphant **35**

Les pigeons **41**

Souvenir du Saudade Express **51**

Merci

à toute la *gang* des Dimanches du conte
et du Sergent recruteur, où la plupart
de ces contes ont fait leurs débuts.

Merci à Denis, Lucille, Patrice et Marianne
pour leur soutien constant.

Et merci, merci à tous ceux et celles qui sont venus
écouter ces contes, et les ont meublés
de leurs silences et de leurs rires.

La Tribu du Douzième

Au douzième étage de la résidence Thompson, à l'Université d'Ottawa, par un beau matin de septembre, trois étudiants attendaient l'ascenseur. Le destin allait faire d'eux des pionniers, mais ils ne le savaient pas encore. Ils se tenaient là, debout, insouciants, et ils attendaient.

De temps en temps, l'un d'eux marchait de long en large dans le couloir et revenait prendre sa place. Parfois, un autre s'avançait jusqu'aux portes métalliques grises et appuyait de nouveau sur le bouton, juste au cas où l'ascenseur aurait mal compris la première fois.

Après quelque temps, deux des Françaises de l'étage arrivèrent. Des salutations furent échangées dans les deux langues officielles, puis le silence retomba. C'était un silence lourd et nerveux, un silence fait du frottement des pieds sur le tapis, du froissement des vêtements et des toux discrètes des fumeurs. De temps à autre, quelqu'un s'essayait à passer un commentaire, question de chasser le silence... mais toujours le silence revenait.

Au fur et à mesure que le groupe gagnait en nombre, les étudiants se voyaient gagnés par l'inquiétude. Après tout, les ascenseurs sont un fait, une réalité réconfortante : ils sont tangibles, solides, fiables et faciles à utiliser. Ils transportent les gens d'un étage à l'autre, rapidement et sans effort — contrairement aux escaliers, qui sont épuisants et s'étirent à l'infini. Bref, les ascenseurs sont l'une des plus grandes inventions de l'homme moderne. Mais qu'est-ce qu'on fait si l'ascenseur n'arrive jamais ? C'était une question que les étudiants ne voulaient pas se poser. Leurs cours commencèrent donc sans eux et se terminèrent aussi sans eux. Le soleil traversa le ciel de bord en bord comme un pigeon d'argile, la nuit prit place... et l'ascenseur n'arrivait toujours pas.

Les étudiants n'avaient guère le choix ; ils durent accepter leur situation. La plupart retournèrent chercher de la nourriture dans leur chambre et s'installèrent dans le *lounge* pour regarder la télé jusqu'à ce que la fatigue ait raison d'eux.

Le lendemain matin, la population du douzième étage au grand complet se réunit devant les portes de l'ascenseur qui n'arrivait toujours pas... ni le matin suivant, ni le matin d'après.

Au fil des jours, les étudiants s'organisèrent. Ils se répartirent en petits groupes pour surveiller les portes de l'ascenseur chacun leur tour, vingt-quatre heures sur vingt-quatre. Un groupe typique était formé de quatre personnes. Il y avait trois *holders* : leur tâche était d'attendre que l'ascenseur arrive et de garder les portes ouvertes, coûte que coûte. Le quatrième était le *rounder* : si l'ascenseur arrivait, il devait courir comme un fou tout le tour de l'étage et s'assurer d'avertir tout le monde pour que personne ne manque sa chance.

On était au début de la session et personne ne se connaissait. Au fil des semaines, heureusement, les étudiants développèrent un sentiment d'appartenance : des amitiés se formaient et chacun se trouvait un rôle. Confrontés au manque imminent de nourriture, certains se mirent à attirer des oiseaux aux fenêtres, les attrapant pour les cuisiniers qui les apprêtaient du mieux qu'ils le pouvaient. D'autres s'offraient pour fournir conseils ou divertissement. Un petit comité fut formé afin d'établir un inventaire de tous les biens à leur disposition et trouver des moyens de renouveler les vivres. On parlait de recyclage et de réutilisation ; on parlait de culture hydroponique et de rationnement.

Au fil des mois, l'existence vint s'inscrire dans une routine confortable. Lorsque les étudiants recevaient des appels de l'extérieur, ils disaient simplement que tout allait bien et, d'une semaine à l'autre, les communications se faisaient moins fréquentes. La Tribu du Douzième savait se suffire à elle-même.

Bien sûr, il y eut quelques incidents : des vols de nourriture, des chicanes, des batailles, une grave réaction allergique (qui fut soignée *in extremis* grâce à l'étudiante en infirmerie et à son apprenti). Il y eut aussi deux dépressions nerveuses, dont une causa la destruction de la télévision. Ce fut un coup dur pour la Tribu. Il y avait aussi ceux qui obsédaient, ceux qui ne pouvaient pas s'endormir sans rêver aux chuintements des portes coulissantes de l'ascenseur, aux panneaux de *plywood*, aux numéros d'étages lumineux et aux sourds grondements des ascensions et des descentes.

Tout de même, la plupart atteignirent une certaine sérénité, et au fil des ans vinrent de nombreuses réjouissances. L'une des plus mémorables fut le premier mariage, un jour de grande célébration et une inspiration pour tous. On dansa et on chanta. Chacun en profita pour manger un peu plus que sa ration quotidienne, et on put même consommer une boisson alcoolisée, fabriquée avec les moyens du bord, qu'on appelait de la bière, faute d'un meilleur mot.

Le temps suivit son cours, et même cette journée mémorable fut surpassée par un nouvel événement qui allait marquer le début d'une ère glorieuse : la naissance du premier enfant.

L'exemple ainsi donné, d'autres naissances suivirent. Les enfants de la nouvelle génération grandissaient en force et en sagesse, éduqués et protégés par la Tribu. Formés par les anciens, ils apprirent l'art de l'élevage des oiseaux, la science des ordinateurs, les métiers du tissage et de la fabrication d'outils, les mystères de la salle de lavage et les légendes du Dehors. Et lorsque l'un d'eux était jugé suffisamment mûr, les anciens lui confiaient la tâche sacrée d'attendre l'Ascenseur.

Ainsi la Tribu du Douzième fut-elle fondée, et ainsi elle prospéra, et ainsi naquit la deuxième génération et fut maintenue la tradition. Plus tard en viendrait une troisième, puis une quatrième, et avec cette dernière naîtrait un héros qui serait avalé par l'Ascenseur et emporté au Dehors, d'où il rapporterait de nombreux trésors fort utiles. Mais ça, c'est une autre histoire...

Le poids de la marmite

Il paraît que tout a commencé dans l'une de nos belles régions touristiques, dans une petite ville comme tant d'autres, du genre où il y a exactement un journal et un centre commercial.

C'était un de ces beaux samedis d'automne où l'air donne l'impression d'avoir été fraîchement créé. Mario faisait son tour de quartier habituel. Tout en marchant, il pensait à sa femme Susie et à leur anniversaire de mariage. C'était aujourd'hui leur douzième... et ça ne serait sûrement pas leur meilleur.

Ensemble ils avaient fait beaucoup de chemin, mais, en même temps, si peu. Au début, ils fredonnaient une belle petite mélodie du bonheur tous les deux... jusqu'à ce que le premier enfant arrive comme une fausse note. Ils l'aimaient bien, leur fille, mais n'avaient pas prévu l'avoir si tôt. Susie s'était mariée enceinte. Puis avaient suivi les deux gars, qui les avaient tenus occupés. Susie et Mario faisaient tout juste assez d'argent pour élever les enfants sans pouvoir se payer de folies. Dernièrement, Mario avait perdu sa job de camionneur. Dans un moment de colère, blessé dans sa fierté, il s'était battu avec le chouchou du boss. Il avait gagné, mais perdu sa job. Susie faisait de la suppléance à l'école pour assurer les fins de mois.

Mario se promenait donc, saluant un voisin d'un grand geste du bras, s'arrêtant pour jaser avec un autre. Il avait passé tellement d'heures dans des cabines de camion qu'il en profitait, maintenant qu'il chômait, pour se dégourdir les jambes.

Sans y penser, il approchait de la maison du vieux Langevin. Il avait été tout un personnage, ce vieux-là. Toujours assis sur le perron, dans son fauteuil roulant, il avait l'air de savoir tout ce qui se passait dans le quartier, même s'il était encore nouveau dans le coin. Pas besoin de jaser longtemps avec lui pour comprendre que, dans sa jeunesse, il avait été un grand voyageur. On disait qu'il s'était fait aubergiste par la suite, jusqu'à ce qu'il déménage ici pour prendre sa retraite. Par les fenêtres de sa maison, on pouvait voir le bric-à-brac incroyable qu'il avait ramassé avec les années. Son goût pour l'exotisme s'étendait jusqu'à sa femme, une grande Russe qu'il avait mariée à Leningrad, à ce qu'il disait.

Le vieux était décédé la semaine précédente, et Mario ne se faisait pas à l'idée de ne plus le voir sur son perron. Ce jour-là, pourtant, il y avait un attroupement devant chez lui. Mario s'approcha et se retrouva en pleine vente de garage. Tout le bric-à-brac du vieux Langevin était étalé sur des tables et les voisins émerveillés inspectaient le tout. De temps en temps, on pouvait entendre la veuve qui répétait à chacun les mêmes explications : « Je le sais, c'est des bien beaux objets, mais je préfère me débarrasser de ce qui va me faire m'ennuyer de lui. Je le reverrai bientôt, après tout. »

Il restait encore plusieurs objets en vente, et Mario se dit qu'il y aurait peut-être là un cadeau pour sa femme, même si, cette année, ils s'étaient entendus pour ne rien se donner. Il y avait un petit tableau confectionné d'ailes de papillon, un gros coquillage incrusté d'or, des masques africains, une collection de chapeaux du Moyen-Orient ; bref, une multitude de souvenirs. Et aussi... une grosse marmite tout à fait ordinaire. C'était comme trouver un pissenlit dans un rosier.

Mario, intrigué, se dit que la marmite, par son aspect ordinaire, était l'objet le plus remarquable dans cet assortiment. Il fit un signe à la vieille qui s'approcha, le regarda avec un drôle d'air, mais se contenta de dire : « Ah... mon mari l'aimait bien, cette marmite. Allez ! Trois piastres, comme tout le reste ! »

* * *

Le soir même, Mario offrit la marmite à sa femme. Elle rit de bon cœur et lui dit : « T'aurais pas dû ! », heureuse d'avoir eu un cadeau malgré tout, un peu déçue que ce soit une marmite. Ils l'utilisèrent pour se faire à souper et, malgré qu'ils ne fussent pas doués pour la cuisine ni l'un ni l'autre, ils trouvèrent qu'ils avaient préparé là un bien bon repas.

Les enfants, qui avaient été envoyés chez la voisine pour la journée, rentrèrent le lendemain, tout excités. Tous les voisins avaient acheté à la vente de garage des objets plus extraordinaires les uns que les autres. Les enfants furent fort déçus en apprenant que leur père s'était contenté d'une marmite. Pourquoi pas un masque africain ? Ou un petit oiseau mécanique qui chantait pour de vrai, comme chez les Savard, de l'autre bord de la rue ?

Mario ne savait pas quoi leur dire. Il avait la conviction inexplicable d'avoir fait le bon choix.

Encouragés par le succès culinaire de la veille, lui et Susie entreprirent de cuisiner une marmite de poulet fermier pour le souper. Ça sentait tellement bon que le chat du voisin vint miauler à la fenêtre, et que le plus jeune éteignit le Nintendo et s'installa à la table sans qu'on le lui demande.

Après quelques autres expériences concluantes, ils décidèrent qu'il était temps de jouer les hôtes. Une marmite de cette taille-là, c'était fait pour des groupes, pas juste pour une famille de cinq. Ils se mirent à inviter des amis et à se refaire une vie sociale, ce qui n'était pas évident du temps où Mario était toujours parti avec un chargement ou un autre.

Ce ne fut pas long avant que les amis et les voisins se cherchent des prétextes pour venir souper. Mario et Susie ne s'en plaignaient pas trop ; c'était toujours les invités qui fournissaient l'alcool.

Le problème, c'est que l'argent ne rentrait toujours pas. Mario prenait bien des petits contrats de rénovation, mais ça ne suffisait pas. C'est Susie qui eut l'idée de faire payer les gens pour les repas. Il fallut acheter un permis, mais bientôt on commença à recevoir des groupes payants : dîners d'affaires, partys de PME, soupers de retrouvailles. Les enfants aidaient au service et recevaient de l'argent de poche chaque semaine. Les clients aimaient bien l'ambiance familiale et raffolaient de la bouffe ; chacun y trouvait un petit goût de chez lui.

Susie se mit à expérimenter. Malgré qu'elle n'eût jamais quitté le pays, elle essayait des recettes exotiques, des nouvelles saveurs. Après quelques semaines d'essai, elle et Mario purent organiser des soirées thématiques où ils servaient des repas typiques de différents pays.

Mario savait que Susie et lui n'étaient pas si bons cuisiniers. Pourtant, ce qui sortait de leur marmite était toujours excellent. Ils ne posaient pas de questions. Ils prirent même l'habitude de placer leurs ustensiles dans la marmite, à la fin de chaque journée ; le lendemain les voyait atteindre de nouveaux sommets de prouesses culinaires.

* * *

Un soir, vers huit heures et demie, on entendit frapper à la porte en catastrophe. Le petit alla ouvrir pour laisser entrer monsieur Savard, le voisin, qui traînait un homme au teint foncé, à moitié inconscient. Susie voulut aller chercher la trousse de premiers soins, mais l'homme ne semblait pourtant pas blessé.

Monsieur Savard était tout paniqué : « Je l'ai trouvé à terre sur le bord du boulevard. Il m'a pointé votre maison du doigt. Il délire depuis tantôt. On dirait qu'il fait une attaque, mais... ah ! écoutez-le, vous allez voir ! »

L'étranger avait le front en sueur. Il marmonnait dans une autre langue et tremblait comme un poisson hors de l'eau. En voyant Susie et Mario, il se ressaisit un peu, juste assez pour prononcer un nom : « Jodhpur ! Jodhpur ! » En disant ça, il avait des larmes au coin des yeux.

C'est Susie qui eut l'inspiration nécessaire. Elle envoya sa fille chercher un atlas et y trouva le nom que l'homme venait de prononcer : une ville en Inde, probablement sa ville natale. Elle regarda Mario : « Tu penses à ce que je pense ? » Mario avait peine à y croire, mais il comprit : le pauvre homme était en train de faire une crise de mal du pays.

Pas le temps de penser. Susie consulta son livre de recettes indiennes, dressa une liste d'épicerie et la donna à Mario, qui partit sur les chapeaux de roue. Il arriva dix minutes avant la fermeture de l'épicerie et trouva tout ce qu'il fallait. Quand il revint à la maison, tout était prêt : le poêle était allumé, les épices étaient alignées au garde-à-vous et la marmite était sortie.

Monsieur Savard s'était occupé de l'étranger tant bien que mal, avait défait son col pour l'aider à respirer et lui faisait boire de l'eau à petites gorgées. De temps à autre, Susie ou Mario sortait de la cuisine pour faire sentir à l'étranger un légume ou une sauce, et il s'apaisait un peu.

On lui servit finalement à souper. L'étranger se mit à manger, d'abord d'une main tremblante, puis avec une force et un appétit grandissants. À la fin du repas, il gratifia d'un large sourire ceux qui l'avaient sauvé et se confondit en éloges pour leur cuisine. « Ah ! c'est aussi bon qu'on me l'avait dit. Les patates me rappellent même celles de ma mère. Merci, merci ! Je vous dois une faveur. »

Ils discutèrent quelque temps. L'étranger était un drôle de cas. Il disait avoir été un shaman ou un fakir en Inde. Il avait emménagé dans la région cinq ans plus tôt. Il avait quitté son pays par amour pour une femme, mais elle avait fini par le quitter pour aller voir du pays.

* * *

Après cet incident, la réputation de leur petite salle à dîner s'étendit vite à la grandeur de la région. Des voyageurs d'un peu partout faisaient le détour par chez eux pour goûter leurs spécialités locales ou essayer leur sélection de mets étrangers. Le fakir revenait les visiter périodiquement et racontait aux voyageurs émerveillés comment cette famille-là l'avait sauvé du mal du pays.

Mario et Susie virent bien le potentiel de la situation. Ils commencèrent à louer leur chambre d'amis aux voyageurs. Ils entreprirent des recherches et, l'année suivante, firent le grand saut et achetèrent un *bed and breakfast*.

Le déménagement fut pénible, comme c'est souvent le cas. Les enfants boudèrent un peu. Ça coûta cher de publicité pour s'assurer que leur clientèle les suive, mais peu importe, ça en valait la peine.

Ils se mirent à recevoir des visiteurs des plus étranges. Bien sûr, il y avait des gens de partout au Québec, et d'ailleurs au Canada. Mais ils reçurent aussi des Mexicains, un couple d'Allemands, un orchestre de chambre autrichien, un groupe de *backpackers* australiens et une trâlée de Japonais. Peu importe d'où ils venaient, les visiteurs se déclaraient tous comblés par leur hospitalité.

La beauté de la chose, c'est que nos aubergistes commençaient à recevoir des cadeaux. Une petite flûte, un sari indien, une vieille lampe à huile poussiéreuse. Un gars de la Colombie-Britannique leur donna un flacon d'eau du Pacifique. Un drôle de petit homme sinistre leur laissa une tête réduite, une vraie. C'est en cherchant où entreposer tous ces objets-là que Mario comprit comment le vieux Langevin, l'ancien propriétaire de la marmite, avait accumulé tant de bric-à-brac.

* * *

Pendant des années, leur auberge fonctionna comme un charme. Susie put laisser sa suppléance et Mario n'essaya jamais de se trouver une autre job.

Leur fille aînée grandit en beauté. Avec ses grands yeux clairs et ses manières chaleureuses, elle accueillait les voyageurs à l'entrée et faisait de l'excellent travail. Elle s'occupait aussi des plaintes et savait adoucir les clients les plus difficiles. Ce n'était jamais long avant que les femmes voient en elle une copine. Quant aux hommes, ils avaient juste envie de se rouler sur le dos pour se faire gratter le ventre.

C'était une belle époque. La petite famille voyageait sans quitter la ville ; le monde entier venait cogner à sa porte.

* * *

Puis un jour, la marmite disparut. On a beau recevoir les gens avec chaleur et générosité, le fait est qu'il y aura toujours des ingrats.

La famille se réunit pour un conseil de guerre. Inutile de prévenir la police ; elle ne se dérangerait pas pour une simple marmite. Le voleur était sûrement quelqu'un qui était venu à l'auberge, qui avait vu la marmite de près et s'en était fait expliquer la provenance. Le mieux était de fouiller le registre dans l'espoir de trouver qui avait fait le coup.

Le fakir vint souper ce soir-là et on lui raconta tout. L'homme surmonta vite son indignation et décida de prendre les choses en mains. Il demanda qu'on lui trouve la cuillère en bois avec laquelle on remuait le contenu de la marmite. Il fit remplir d'eau le lavabo de la cuisine, déposa la cuillère sur la surface et attendit. Toute la famille regardait par-dessus ses épaules, retenant son souffle. Et lentement, lentement, la cuillère tourna et pointa vers le sud. Le fakir regarda ses hôtes et dit : « Il est parti par là. Maintenant… installez-moi dans une chambre au sous-sol, et qu'on ne me dérange pas. Il est temps que je vous rende service à mon tour. »

Le fakir s'assit sur le sol de la chambre et commença à jeûner et à se concentrer. Mario et Susie sautèrent dans la voiture, allumèrent le C.B. et partirent en poursuite, vers le sud. Leur fille se mit à relire le registre et à réfléchir. Quand ses parents appelèrent pour prendre des nouvelles, elle put leur nommer un suspect. C'était un gars qui était passé à l'auberge deux jours plus tôt et qui venait des États-Unis, de l'un de ces États dont on ignore l'existence jusqu'au jour où quelqu'un de là-bas essaie de nous voler une marmite.

Mario conduisait en ligne droite vers le sud. Il n'avait pas perdu ses habitudes de camionneur : il embarquait sur le C.B. chaque fois qu'il voyait un camion et donnait le signalement du voleur, espérant que quelqu'un les ait vus en chemin, lui ou la marmite.

Pendant ce temps-là, à l'auberge, le fakir en transe se concentrait sur la marmite. Il la sentait, loin vers le sud, et, par sa volonté, elle grossissait et devenait de plus en plus lourde.

Miraculeusement, Mario et Susie retrouvèrent la trace du voleur. Ils le suivirent jusqu'à la frontière américaine. Ils traversèrent le Vermont et passèrent à côté du lac Champlain (sans voir le monstre). Ils passèrent par l'État de New York et continuèrent. Le voleur était difficile à suivre car il changeait de véhicule : d'abord une voiture, puis un pick-up, puis un petit camion de déménagement.

Chemin faisant, Mario et Susie voyaient des paysages nouveaux et des villes qu'ils n'avaient jamais visitées. Ils s'imaginaient, surtout, toutes les belles choses qu'ils ne voyaient pas : la statue de la Liberté seule sur son île, les vieilles villes portuaires où l'océan Atlantique s'étendait à perte de vue.

Lorsqu'ils rattrapèrent finalement le voleur, l'homme en était rendu à voyager en dix roues. Ç'avait dû lui coûter une fortune, mais il avait loué le camion et le chauffeur qui allait avec. Dans le camion était montée une structure en bois qui grinçait sous le poids incroyable de l'énorme marmite.

En voyant arriver Mario, le voleur se confondit en excuses, disant que ce n'était pas sa faute, qu'il avait eu une enfance malheureuse, que sa mère n'avait jamais cuisiné pour lui, *et cœtera*. Mario s'avança pour le frapper, mais Susie l'en empêcha. Ils laissèrent partir le voleur et appelèrent à la maison pour avertir qu'ils avaient repris possession de la marmite.

Ils prirent tout leur temps pour retourner à l'auberge et comprirent, en chemin, à quel point ils ne connaissaient rien du monde. Les visiteurs à l'auberge leur parlaient bien de leurs pays, mais ni Mario ni Susie ne les avaient déjà vus. C'était le désavantage de la marmite : elle pesait et les retenait en place comme une ancre. Le vieux Langevin, lui, avait sûrement beaucoup voyagé avant de la trouver et, dans sa vieillesse, il avait dû être heureux de tenter la vie sédentaire. Mario et Susie, eux, n'avaient pas connu d'autre vie que celle-là.

En arrivant à l'auberge, ils reposèrent la marmite à sa place et prirent une bière en se regardant dans les yeux pendant que les enfants faisaient la cuisine. Après le souper, ils confièrent la garde de l'auberge aux enfants qui, maintenant, savaient y faire, et qui avaient aussi besoin d'argent. Le lendemain matin, ils ramassèrent le strict nécessaire et, puisque c'était leur tour, ils partirent en voyage pour vrai.

* * *

Note du conteur

Si je n'ai pas divulgué l'emplacement de l'auberge, ce n'est ni par égoïsme ni par distraction. C'est que cette histoire, je la tiens du voleur de marmite, et bien qu'il en ait gardé un bon souvenir, il reste amer quant à la tournure des événements et n'a donc pas voulu faire de publicité gratuite en me donnant l'adresse de l'auberge.

Métro

Quand vous vous trouvez sous terre et que votre train arrive, surtout ne regardez pas votre reflet sur le flanc des wagons.

* * *

Jacques était un gars ordinaire, à peu de détails près. Il était fasciné par l'allure des choses. Quand il avait commencé à fumer, c'était pour la beauté des volutes qui s'échappaient de chaque cigarette. Maintenant, il fumait pour la nicotine, comme tous les fumeurs.

Il avait déjà été superstitieux. Il avait lu des livres sur le tarot, la magie et les manifestations surnaturelles. Il aimait penser qu'il y avait peut-être une signification derrière les détails les plus banals de l'existence. Puis ça lui était passé, comme bien des choses.

Jacques travaillait comme ingénieur pour la Noranda, une grande compagnie minière ayant d'abord ouvert ses portes en Abitibi. Il travaillait pour leur centre de technologie à Pointe-Claire et habitait à Montréal, même si c'était un peu loin. Il avait toujours vécu à Montréal… jusqu'à ce qu'on l'expédie à Rouyn-Noranda pour un an, question de mettre en place une nouvelle technique de production à la fonderie là-bas. Jacques n'avait ni femme ni enfants ; il était donc mobile. Il partit à contrecœur, redoutant de passer un an dans une si petite ville sans Spectrum, sans Plateau Mont-Royal, sans bonnes discothèques *underground* et sans métro.

Comme il s'y attendait — ou peut-être parce qu'il s'y attendait —, au début, il s'ennuya à mourir.

L'hiver vint beaucoup trop vite. On aurait dit que, chaque matin, le banc de neige devant son appartement s'était encore élevé de trois pouces. Jacques marchait toujours jusqu'au travail, même par ces jours de froid les plus intenses où le ciel sans nuages était d'un bleu cruel. Ces matins-là, tache noire sur le paysage, il se sentait comme un insecte pris dans un bloc de glace sèche.

Il finit bien par s'établir une routine. Le matin, il partait travailler. Le midi, il dînait à son bureau, puis allait jaser avec les autres fumeurs, le temps d'une cigarette ou deux. Le soir, il soupait chez lui pour ensuite s'emmitoufler et sprinter jusqu'au Cabaret de la dernière chance. Il y allait autant pour le nom que pour l'atmosphère. C'était à une autre époque, il faut le dire, avant que La Moderne ferme ses portes et que sa clientèle déménage au Cabaret.

C'est au Cabaret que la chance de Jacques tourna, un soir de fin janvier. Il était assis au bar, à contempler une fille dans le miroir derrière les bouteilles et à se sentir vieux. La fille était belle ; pas parfaite, pas époustouflante, mais belle d'une beauté facile. Elle avait un sourire délicieux. Jacques lui en voulait d'être si belle et si heureuse, comme si elle appartenait à un monde auquel il n'avait pas accès.

Il la vit bientôt se lever, dire au revoir à ses amis qui partaient sûrement se coucher, puis venir commander quelque chose au bar. Dans le miroir, leurs regards se croisèrent et Jacques se figea. Ils s'observèrent en silence jusqu'à ce qu'elle lui dise : « Je suis ici, pas là » et, là-dessus, ils commencèrent à jaser. Ils se posèrent des tas de questions, se racontèrent des histoires de fantômes et jasèrent jusqu'à ce qu'on les jette dehors à trois heures et demie du matin.

Elle s'appelait Chantal, terminait ses études en communication, vivait seule, et Jacques la trouvait fascinante. Avant de se quitter, elle lui donna son numéro de téléphone. Jacques, se rappelant combien il s'était senti vieux plus tôt au bar, lui dit : « T'es pas un peu jeune pour moi ? » Elle lui répondit : « Toi, t'es pas un peu jeune pour te trouver vieux ? »

Deux semaines plus tard, ils avaient l'impression de s'être connus depuis toujours. Elle passait presque toutes ses nuits chez lui.

Le reste de l'année fila trop vite. En hiver, ils patinaient souvent sur le lac Osisko. Au printemps, on les voyait marcher de long en large dans la ville. En automne, ils allaient parfois s'asseoir sur le bord du lac, dans l'une des coupes de la fontaine qui était asséchée en prévision de l'hiver. Je les y ai vus, une fois, et ils formaient un si beau couple que je leur ai laissé la fontaine.

Quand vint le temps pour Jacques de retourner à Montréal, Chantal le suivit. Elle emménagea dans son appartement près de la station Lucien-L'Allier et commença à se chercher un emploi.

Elle n'était venue à Montréal qu'une fois auparavant, dans une Ford Escort louée avec une amie. Pour elle, Jacques jouait au guide touristique et se surprenait à y prendre goût. Il commençait à réaliser l'influence qu'avait l'amour sur la géographie. En amour, les distances n'étaient plus les mêmes et les lieux prenaient de nouvelles significations. Plus encore : en amour, Jacques se remettait à croire à la magie et au destin.

Chantal était particulièrement impressionnée par le métro. Ça amusait Jacques, qui avait toujours tenu ça pour acquis. Pourtant, elle lui posait des questions auxquelles il ne pouvait pas répondre. Qu'est-ce qui produisait ces trois notes qui accompagnaient toujours le départ d'un train ? Pourquoi les gens se tenaient-ils si près du bord ?

Après une année d'absence, Jacques se sentait capable de remettre même le métro en question. Il trouvait maintenant étrange de voir les gens, à l'heure de pointe, s'entasser devant les rails sur cinq, six ou sept rangées. Dans la rue, ces mêmes gens se méfiaient de quiconque les approchait, ne serait-ce que pour leur demander l'heure. Dans le métro, ils semblaient tout ignorer du gouffre devant leurs pieds et de la masse impatiente derrière eux. La vie montréalaise était un curieux mélange de méfiance et d'insouciance.

Une fois, Chantal lui fit remarquer leur reflet sur le flanc d'un train qui arrivait. Elle regardait son image qui sursautait, s'éloignant et s'approchant selon qu'elle apparaissait dans une vitre ou sur la paroi métallique d'un wagon. Chantal était fascinée comme par la danse d'une flamme. Le train, en s'arrêtant, brisa l'enchantement. Elle dit, perplexe : « C'était pas moi, ça. Est-ce que j'ai vraiment l'air de ça ? » Jacques ne sut pas quoi répondre.

* * *

Le premier signe lui vint un soir dans le Vieux-Port. Elle s'était proposé d'aller chercher de la crème glacée pendant qu'il grillait une cigarette. Elle n'aimait pas le regarder fumer. Alors qu'il observait les gens, il la vit soudain au loin, immobile, parmi le va-et-vient des passants. Il la perdit de vue, la revit, la perdit encore... Il voulut la rejoindre, mais la foule semblait l'avoir avalée. Confus, il retourna au Ben & Jerry's ; Chantal était là qui l'attendait. Elle affirmait n'avoir pas bougé de là.

Est-ce qu'elle lui mentait ? Jacques finit par se convaincre que c'était lui qui avait mal vu. C'était la meilleure explication, non ?

* * *

Deux semaines plus tard, ils se trouvèrent séparés pour la première fois depuis leur arrivée à Montréal. Une amie d'enfance avait pris contact avec Chantal et l'avait invitée à lui rendre visite à Québec. Chantal avait tout de suite accepté. Jacques, débordé de travail, dut se résoudre à rester seul à Montréal pour une semaine.

Ils prirent le métro pour se rendre au terminus et, encore une fois, Chantal contempla son reflet sans rien dire. C'était devenu une habitude. Avant d'embarquer, elle dit à Jacques : « On dirait qu'elle me regarde. » Il sourit : « T'as juste à pas la regarder, toi. »

Elle devait revenir le dimanche au soir, mais, pour lui, dimanche aurait bien pu être l'an prochain.

La nuit du vendredi, il se réveilla brusquement sans comprendre pourquoi. Il cherchait le cadran du regard lorsqu'il sentit une présence au pied du lit. L'obscurité était presque totale, mais il lui sembla distinguer une silhouette familière. C'était elle ! C'était Chantal qui était venue le rejoindre plus tôt que prévu pour lui faire une surprise ! Heureux, il tendit la main pour effleurer son visage... et ne rencontra que le vide. Il cligna des yeux, tout confus. Il ne sentait plus aucune présence dans la pièce.

Aussi troublé qu'il l'était, il n'eut d'autre choix que de se rendormir. Ce n'est qu'une fois sous la douche, le lendemain, qu'il se remémora sa visite nocturne.

Une angoisse soudaine s'empara de lui. Par deux fois, il avait aperçu Chantal alors qu'elle n'était pas là. Et si c'était un présage ? Voir le double de quelqu'un, c'est souvent de très mauvais augure. Il en avait déjà entendu parler ; c'est connu, historiquement, c'est documenté, les Allemands ont même un nom pour ça : *doppelgänger*. Une telle apparition est souvent considérée comme le signe d'une mort imminente.

Mais croyait-il vraiment à ce genre de choses ? Alors qu'il se posait la question, sa main s'empara du téléphone. Il composa le numéro de l'amie de Chantal à Québec et lui raconta ce qui lui passait par la tête : qu'il partait pour Québec parce qu'il mourait d'envie de revoir Chantal, et qu'il ne fallait rien lui dire.

Il loua une voiture et passa tout le trajet partagé entre la peur et un fort sentiment de ridicule. Il aurait voulu croire qu'il s'en faisait pour rien, mais ne pouvait s'empêcher d'imaginer le monde entier comme un piège avec Chantal en son centre.

Chantal, une fois revenue de sa surprise, se montra ravie de la présence de Jacques. Son amie s'accommoda de la situation. Tous trois passèrent une journée des plus agréables — du moins, en apparence. Intérieurement, Jacques avait les nerfs à vif. Il se montrait attentionné vis-à-vis de Chantal au point que c'en était maladif. Il comprenait maintenant qu'il aurait fait n'importe quoi pour la protéger, mais si on croyait les présages, son destin était fixé. Que pouvait-on faire contre le destin ?

En sortant d'un restaurant, ils constatèrent que la soirée avait tourné à l'orage. Personne n'avait apporté de parapluie. La voiture louée était stationnée sept pâtés de maisons plus loin. Jacques, horrifié, vit les deux femmes s'élancer en courant dans les rues rendues glissantes par la pluie. Chantal l'attrapa par la main et l'entraîna dans sa course en riant. Les voitures semblaient surgir de nulle part, dissimulées derrière des rideaux de pluie. À tout moment, Jacques redoutait de croiser le regard de l'autre Chantal, du double annonçant l'arrivée du malheur.

Il vit deux phares qui approchaient très vite. Il fonça contre Chantal et sentit, juste derrière lui, le passage d'un gros véhicule. Il transforma son geste en une étreinte passionnée. Chantal ne sut rien du danger tout juste évité.

Jacques la conduisit à Montréal le lendemain, le cœur un peu plus léger. Le sentiment de fatalité qui l'avait habité jusque-là le quittait peu à peu. À quelques reprises, Jacques voulut parler à Chantal de la prémonition qu'il avait eue, dans l'espoir qu'ils puissent en rire tous les deux. Il n'en fit rien.

Ils furent inséparables durant les jours qui suivirent. Chantal le traînait partout : concerts en plein air, discothèques, boutiques de vêtements, pièces de théâtre… En voulant apprivoiser la ville, elle le menait dans des recoins que lui-même ne connaissait pas.

C'est ainsi qu'un soir, ils se trouvèrent, perplexes, devant une carte de la ville, en attendant l'arrivée du métro. Tout en mémorisant le trajet à suivre, Jacques pensait à tous les gens qui avaient dû se tenir à cet endroit précis avec la même expression sur le visage. Il pensait aux milliers de gens qui avaient parcouru ces tunnels au fil des ans, usant le sol de leurs pas, laissant le fantôme de leur tête sur les murs au-dessus des bancs par une lente érosion. Il pensait à tous ceux qui s'étaient perdus, et à tous les malheureux qui étaient passés sous les roues...

Il entendit le tonnerre d'un train qui arrivait. Un dernier coup d'œil à la carte et...

Quelqu'un hurla. Les gens paniquaient et il ne voyait Chantal nulle part. Il se battait pour la rejoindre, marchait à contre-courant. Quelqu'un était tombé, c'était clair. L'angoisse qu'il avait ressentie à Québec lui revint dix fois plus intense.

Puis il l'aperçut. Elle lui prit la main sans mot dire. Elle avait l'air blême. Elle devait avoir tout vu, la pauvre. Jacques l'entraîna jusqu'à la sortie. Ils marchèrent en silence.

Rendue à l'appartement, elle n'avait toujours rien dit. Jacques l'allongea sur le lit, éteignit la lumière et s'étendit à côté d'elle, tout habillé. Il lui parla doucement, mais quelque chose n'allait pas. Elle le regardait, mais il ne la reconnaissait pas derrière ce regard. Il la secoua légèrement, puis plus fort. « Parle-moi. Parle-moi, dis-moi que ça va bien ! » Elle le fixait ; son expression était indéchiffrable. Jacques se sentait malade. Ce n'était pas elle, ce n'était pas Chantal, ce n'était pas elle...

Lorsqu'elle ouvrit la bouche pour lui répondre, c'est le tonnerre du métro qui en sortit.

* * *

Quand vous vous trouvez sous terre et que votre train arrive, surtout ne regardez pas votre reflet sur le flanc des wagons.

Comment Ganesh s'est retrouvé pogné avec une tête d'éléphant

Voyez-vous, Ganesh, comme tout le monde, a déjà été enfant. À cette époque, il avait un visage humain. Il avait aussi quatre bras, mais ça, pour une divinité hindoue, ce n'était rien d'exceptionnel.

Dans sa jeunesse, Ganesh habitait chez sa mère, la déesse Parvati, fille de la montagne. Parvati était celle qu'on appelait tour à tour la brillante et la noire ; la bonne épouse et l'inaccessible ; la génératrice et la terrible. C'était un cas de personnalités multiples, ce qui est assez commun parmi les dieux ; encore une fois, rien de surprenant.

Ce qui mérite mention, par contre, c'est que Parvati, si on en croit la légende, avait eu son fils toute seule. Elle aurait pris la poussière de la terre, l'aurait mélangée à la rosée de son corps et, par un genre d'alchimie divine, ç'aurait donné... Ganesh.

Parvati et son fils Ganesh habitaient un grand palais à flanc de montagne, entouré d'une forêt dense. Dans son palais, on trouvait des splendeurs comme on en trouve seulement dans les demeures des dieux. Il y avait là, entre autres, une salle de bains immense, grande comme un terrain de soccer, avec un plancher en marbre.

La salle de bains était importante puisque ce qu'aimait Parvati, entre toutes choses, était de prendre de longs bains chauds. Elle adorait se glisser lentement dans l'eau presque trop chaude, saupoudrée de pétales de roses et parfumée d'épices qui auraient été exotiques si on ne se trouvait pas déjà en Inde.

Bien installée dans son bain, Parvati contemplait le grand miroir sur le mur qui, bien entendu, était un miroir magique. Elle y voyait tourner la roue de la vie et de la mort ; la roue de la réincarnation ; la grande roue du karma. C'était un peu comme la *Roue de fortune* à la télévision, sauf que les enjeux étaient plus importants, les participants étaient beaucoup plus nombreux, et il n'y avait pas de belle femme souriante qui se promenait d'un bout à l'autre du *stage*.

Quand Parvati prenait son bain, son fils Ganesh montait la garde. C'était un fils zélé : au lieu d'aller jouer avec les autres petits dieux, il se tenait immobile devant la salle de bains et ne laissait entrer personne.

C'était un bon arrangement jusqu'à ce que revienne au palais le *chum* de Parvati, le grand dieu Shiva. Shiva avait été absent longtemps ; il était allé jusqu'au sommet de la plus haute montagne pour y méditer sur la forme de l'univers, ou quelque autre concept divin. Il avait été longtemps parti et avait hâte de revoir sa blonde. Mais voilà qu'un petit morveux lui bloquait l'entrée de la salle de bains.

Il faut comprendre que Shiva était un dieu distrait par moments, et que, depuis son départ, Ganesh avait grandi. Shiva ne le reconnut pas. Il se planta devant le petit, le regarda du haut de sa grandeur et lui dit, d'un ton impérieux : « Laisse-moi passer ! »

Ganesh le trouva impressionnant, avec sa peau de tigre sur les épaules et son serpent enroulé autour de la taille, mais il dit quand même : « La déesse Parvati prend son bain, et je ne dois laisser entrer personne ! »

Shiva était un peu surpris de se voir refuser quelque chose. Il reprit, toujours d'un ton impérieux : « Laisse-moi passer, que j'aille voir la déesse Parvati, ma blonde ! » Ganesh, inflexible, se contenta d'un simple : « Non ! J'peux pas. »

C'était assez pour provoquer la colère du dieu. Shiva, dieu créateur et destructeur, dégaina son grand sabre, trancha la tête de Ganesh et entra dans la salle de bains.

Parvati était contente de le voir, mais elle sentit bien que quelque chose n'allait pas. Elle regarda derrière lui, vit ce qui était arrivé au pauvre Ganesh et là... elle lui piqua une de ces crises : « Ça a pas d'allure ! Ça part pendant des mois, ça s'en va méditer, ça me laisse toute seule, et là, ça vient à peine de revenir que déjà ça trouve le tour de faire des gaffes ? Regarde ça, là, le pauvre petit, y a pus de tête ! Y va-tu avoir l'air fin rien qu'un peu quand l'école va recommencer ? »

Je ne vous le cache pas, Shiva filait *cheap* : « Ben là, ma chouette... scuse-moé... Je l'avais pas reconnu. Écoute, je vais régler ça, je te le promets, je vais lui trouver une tête. » Sur ces mots, il sortit de la salle de bains en se tenant la tête à quatre mains, s'effoira sur le pas de la porte et se mit à réfléchir. Il avait un problème, voyez-vous. C'est que la tête de Ganesh avait roulé et déboulé les marches du palais pour aller se perdre dans la forêt... et lorsqu'on perdait quelque chose dans cette forêt, on ne le retrouvait jamais. Shiva le savait bien. Vous ne pouvez pas vous imaginer le nombre de *frisbees* qu'il était allé y chercher sans jamais en retrouver un seul.

Finalement, Shiva se leva, convoqua tous les serviteurs du palais et leur dit, d'un ton impérieux : « Sortez, allez au nord, et rapportez-moi la tête de la première créature vivante que vous trouverez. » Les serviteurs partirent à la course, tout heureux de se rendre utile, et Shiva attendit, attendit assez longtemps pour en venir à se demander si c'était bien une bonne idée qu'il avait eue. Mais du dehors il entendit des bruits, entendit des cris, entendit un grand barrissement affolé et il se dit, très philosophiquement : « Bah ! Trop tard. »

Les serviteurs revinrent, tout joyeux, avec la tête d'un éléphant. Shiva, sans un mot, ajusta la tête d'éléphant au corps de Ganesh. Dieu créateur et destructeur, il puisa dans son essence divine et refit de Ganesh un être entier. Il aida le petit à se relever, s'assura que la tête tenait bien, puis l'emmena voir sa mère.

Sur le coup, Parvati resta perplexe. Elle ne reconnut pas Ganesh. Elle pensa que Shiva était peut-être allé chercher un autre enfant pour l'adopter. Elle vint pour l'engueuler encore, mais là, comprenant ce que Shiva avait accompli, elle se dit qu'il avait fait un effort. Ce n'était pas si mal, au fond : l'éléphant, après tout, était le plus sage des animaux. Et à bien regarder le petit, elle voyait que sa tête d'animal lui donnait une allure de dieu égyptien, et elle avait entendu dire par ses copines que le *look* égyptien allait redevenir à la mode.

Sur ce, l'incident fut clos. Shiva, pour être bien sûr de se faire pardonner, promit à Ganesh que les débuts et les départs lui appartiendraient, et qu'avant de partir en voyage ou de se lancer dans toute autre entreprise, il faudrait lui faire offrande.

Les premiers mois furent durs pour Ganesh. Les autres petits dieux lui criaient des noms, l'appelaient « Dumbo » ou « les oreilles ». Mais Ganesh est aussi le dieu qui surmonte les obstacles. Il persévéra donc et finit par devenir le dieu enthousiaste et populaire qu'on connaît maintenant.

* * *

J'aime bien cette histoire, parce qu'on peut y trouver beaucoup de significations. Par exemple, la manière dont Parvati a eu son petit toute seule pourrait être interprétée comme un commentaire antique sur nos méthodes modernes de fertilité. Le coup de la tête d'éléphant rappelle un peu les parents qui achètent des vêtements laids pour leurs enfants sans leur demander leur avis.

Mais surtout...

On ne sait pas ce qui est arrivé à la tête de Ganesh. On ne sait pas non plus ce qui est advenu du corps de l'éléphant. Toutefois, certains disent que, quelque part en Inde, dans des terres semi-mythiques, on peut rencontrer un éléphant à tête humaine et lui poser des questions... si on est prêt à faire face aux réponses.

Les pigeons

Imaginez la ville italienne de Padova, avec ses statues antiques et modernes, ses maisons gris pâle, gris ardoise, blanches, beiges et rousses, et ses ruelles étroites pour piétons seulement. Sur les marches d'une église, sur le bord d'une place publique, on voit souvent un vieil homme chauve à la barbe blanche qui regarde les pigeons d'un air mauvais.

Les pigeons y sont nombreux et vicieux : ils volent à hauteur de poitrine, comme des balles de fusil. Et quand il y en a trop, le vieillard se lève et s'élance parmi eux en criant à pleins poumons. Sa rage commande le respect ; c'est une vieille rage qui a été mûrie au long des années. Je vais donc vous raconter son histoire et si je ne vous apprends rien sur la nature humaine, vous en saurez au moins un peu plus sur la vraie nature des pigeons.

Retournons dans les années 1950, après la mort du dernier pigeon migrateur, après Mussolini, après l'abolition de la monarchie italienne, mais avant la première Ferrari Testarossa et avant Claude Barzotti. Notre homme — Jacopo de son prénom — habitait le sous-sol d'un bordel miteux. Il avait vécu là toute sa vie. Il avait pour mobilier un lit, un fauteuil et un alambic avec lequel il distillait une boisson forte appelée *grappa*. Mis à part le plafond qui craquait et coulait, c'était presque confortable.

Jacopo travaillait là comme concierge et menuisier, et parfois comme portier. Si on l'avait engagé, c'était pour respecter les dernières volontés de sa mère, qui avait souvent été nommée employée du mois et qui avait insisté pour qu'on donne du travail à son bon à rien de fils. Jacopo ne se plaignait pas : ça mettait le pain sur la table, et il voyait passer toutes sortes de gens. Certains étaient déplaisants, comme le vaurien qui venait foutre le trouble tous les mercredis et que Jacopo devait expulser chaque fois — ce qui lui avait coûté une cicatrice au bras droit. D'autres étaient pathétiques, d'autres encore étaient intrigants et, parmi ceux-là, le plus intéressant était sûrement le magicien.

Ce n'était pas le genre de magicien à sortir des lapins d'un chapeau. Non, c'était plutôt le genre de magicien qui parlait aux animaux et qui savait se faufiler entre les gouttes de pluie pour ne pas se faire mouiller. Jacopo s'était souvent demandé ce qu'un homme doté de tels pouvoirs faisait dans un pareil endroit, mais il ne posait pas de questions, et c'est peut-être pour cette raison que le magicien lui offrit un jour de lui apprendre quelques tours.

Jacopo n'était pas très doué, mais il finit quand même par apprendre la langue des pigeons. Ainsi, il trouva vite sa routine enrichie. Il avait l'habitude de partir chaque jour, vers midi, avec un bout de pain et une flasque de *grappa*, et d'aller s'asseoir sur les marches de l'église. Là, il nourrissait les pigeons en regardant passer les dames de la haute société qui allaient faire leurs prières. Les plus jeunes étaient parfois très belles. En se concentrant, il pouvait sentir leur parfum ; ça lui faisait tourner la tête. Il y en avait une qu'il préférait à toutes les autres : une femme grande, élégante, avec des cheveux noirs comme le cœur d'un assassin et des jambes longues, longues comme un jour de pluie. Elle ne semblait jamais le voir ; Jacopo savait qu'elle ne lui répondrait pas non plus s'il lui adressait la parole. Pour elle, il ne valait pas plus que les pigeons.

Mais maintenant, il comprenait ce que se disaient les pigeons, et ça lui procurait une distraction. Il trouvait leurs conversations surprenantes. Les pigeons ne se contentaient pas des sujets pigeonniers évidents, comme la recherche de nourriture ou l'étude comparative des statues. Ils semblaient aussi en savoir long sur les affaires humaines. Ils potinaient comme une nation de vieilles filles et semblaient tout savoir de ce qui se passait en ville.

Un jour qu'il les écoutait jaser ainsi, Jacopo échappa un peu de *grappa* par terre. Un pigeon s'avança pour y goûter, puis un autre, et bientôt tous se disputèrent pour boire à la flaque. Quand il ne resta plus rien, ils se retirèrent à l'écart, assez loin pour que Jacopo ne les entende plus. Puis un pigeon noir et blanc se détacha du groupe, vint se planter droit devant Jacopo et lui dit : « Hèye ! Psitt ! Le grand ! »

Jacopo, surpris, lui demanda : « Qu'est-ce qui te fait croire que je comprends votre langue ? »

Et le pigeon de répondre : « Écoute, mon grand, on sait ben des choses, nous autres les pigeons. On sait que tu nous comprends, on sait que tu travailles au bordel à six rues par là, pis que t'habites là aussi. Tu t'es jamais dit que tu pourrais être plus que ça ? »

Jacopo réfléchit et dit : « Ben... ouais. »

Le pigeon semblait satisfait :

— On va te proposer un *deal*, d'abord. Chaque fois que tu reviendras nous voir, tu tremperas ton pain dans ton eau de vie. On aime ben ça. En échange, on va te tenir au courant de tout ce qui se passe en ville.

— Qu'est-ce que ça va me donner, ça ?

— Tu vas voir. Penses à ce que t'aimerais obtenir, pis reviens nous voir demain.

* * *

Jacopo dormit là-dessus et, dans les jours suivants, il commença à faire des demandes aux pigeons. Il n'avait pas beaucoup d'imagination, mais les pigeons lui trouvaient toutes sortes d'idées. Ils lui montrèrent où acheter des champignons importés pour pas cher, afin qu'il puisse perfectionner sa recette d'omelette. Ils lui firent gagner de l'argent aux courses. Jacopo voyait sa qualité de vie s'améliorer quotidiennement, mais... ce n'était pas assez.

Il avait souvent entendu parler d'un homme du nom de Giancarlo Fanucci. Fanucci était un des piliers de la haute bourgeoisie locale. Il habitait une grande villa du quartier riche où il organisait des soirées mondaines plus extravagantes les unes que les autres. Jacopo alla le trouver dans son bureau et lui tint à peu près ce langage :

« Je sais que tu trompes ta femme. Chaque semaine, tu pars pour Venise, en voyage d'affaires supposément, mais la vérité, c'est que tu vas rendre visite à une jolie jeune femme, quasiment assez jeune pour être ta fille.

« Je sais aussi que le père de ta femme est bien placé dans la mafia. Pour l'instant, ça va bien, t'as marié sa fille préférée, t'es dans ses bonnes faveurs. Mais si elle apprend que tu la trompes, elle va en avoir le cœur brisé et son père te le pardonnera pas. »

Fanucci se remit vite de sa surprise et lui demanda ce qu'il voulait.

« Premièrement, tu m'amènes chez ton tailleur et tu me fais faire un bel habit de soirée. Deuxièmement, tu m'installes dans un appartement confortable. Troisièmement, tu m'invites à tes partys. »

Ainsi fut dit, ainsi fut fait. Fanucci le présenta à son entourage en disant que c'était le fils d'un riche fabricant de motos de Rome. Jacopo s'était fait pousser la barbe et grossir le ventre pour avoir l'air prospère. Il fut accepté en un rien de temps. Mieux que ça : il était apprécié. Avec ses histoires salées et ses manières un peu comiques, il devint vite la coqueluche de la haute société de Padova. Il savait tout ce qui se passait en ville, sur le plan social comme sur le plan financier. Quand on lui demandait d'où venaient toutes ses informations, il répondait simplement : « Un petit oiseau me l'a dit. »

* * *

Si cette histoire était un film plutôt qu'un conte, vous auriez droit ici à un montage sur fond musical, une série de scènes illustrant le succès grandissant de Jacopo. Imaginez une musique d'époque : du jazz, disons *Things to Come*, de Dizzy Gillespie et son *band*. Le temps accélère ! On voit Jacopo enfoncé dans un fauteuil de cuir, ponctuant une de ses histoires avec son cigare. On le voit qui célèbre avec un bon porto ses derniers succès boursiers. On le voit qui conduit une belle décapotable rouge et, sur le trottoir, les mères le pointent du doigt pour le donner en exemple à leurs enfants. On le voit dans le grand salon chez Fanucci, qui croise une femme aux cheveux noirs comme le cœur d'un assassin, aux jambes longues, longues comme un jour de pluie...

...et le temps ralentit et revient à la normale.

Jacopo l'avait presque oubliée, elle, jusqu'à ce qu'il la rencontre dans le salon chez Fanucci. Il se présenta et ils jasèrent longuement tous les deux. Elle était sicilienne de bonne famille et... revenait d'un voyage durant lequel elle s'était fiancée.

Jacopo était furieux. Il voulait cette femme-là, et pas une autre. Le lendemain, comme chaque jour, un pigeon vint se poser à sa fenêtre. Jacopo lui servit un verre, lui parla de la Sicilienne et lui dit : « Trouve tout ce que tu peux sur son fiancé. Faut le discréditer, faut lui faire perdre la face, et après la Sicilienne sera à moi. »

Les pigeons se mirent à l'œuvre et Jacopo se mit à s'impatienter. Il revoyait la Sicilienne de temps à autre — souvent au bras de son fiancé — et chaque fois, il ressentait un désir comme il n'en avait ressenti pour rien d'autre auparavant. Les pigeons lui apportaient des nouvelles périodiquement, mais jamais rien d'utile.

À bout de patience, il finit par se rendre jusqu'à la place publique où il allait nourrir les pigeons, il y a longtemps de ça déjà. Il n'aimait pas sortir du quartier riche et risquer de rencontrer quelqu'un de son ancienne vie, mais il n'en pouvait plus. Le pigeon noir et blanc était là, et Jacopo lui dit : « Écoute-moi bien : ce gars-là a quelque chose de croche, je le sais. Tout le monde a quelque chose à cacher. Je vous laisse une semaine pour trouver ce qu'il y a à trouver. Pis essaie pas de me niaiser : je sais où tu caches tes œufs. »

À ces mots, tous les pigeons se turent en même temps. Silence glacial. Ils se retirèrent à l'écart pour discuter, puis le pigeon noir et blanc revint et dit : « O. K. Une semaine. Y a une grande réception qui est prévue chez Fanucci dimanche soir. Assure-toi que la Sicilienne et son fiancé y soient. Nous autres, on va faire le reste. »

Jacopo repartit un peu calmé, et les pigeons se mirent au travail. Ils s'étaient bien divertis : ils avaient pris un homme insignifiant, l'avaient élevé dans les rangs de la société humaine et en avaient fait quelqu'un de connu et respecté. Ce genre de manigance leur donnait un petit sentiment de puissance à chaque fois. Mais maintenant que leur marionnette les menaçait, il était temps de couper les cordes.

On dit que le battement d'aile d'un papillon en Chine peut causer des tempêtes de l'autre côté du monde. Métaphoriquement, c'est ce qui arriva : les pigeons battirent des ailes. Leur influence se fit sentir par une longue chaîne d'événements apparemment sans lien entre eux : une lettre disparue d'un bureau, comme envolée par la fenêtre ; une fiente sur un pare-brise ; un chat enfermé dans un grenier.

Dimanche arriva et tout était en place.

* * *

Quand Jacopo se présenta chez Fanucci, il entra la tête haute, comme un roi visitant ses sujets. Il surveillait la porte avec intérêt et n'eut pas à attendre longtemps. La belle Sicilienne arriva : un modèle d'élégance, exception faite du maudit fiancé qui lui pendait au bras.

Comme madame Fanucci n'était toujours pas descendue, monsieur Fanucci monta la chercher. Ça ne faisait pas longtemps qu'il était parti quand on entendit sa femme crier des insultes à en faire rougir un Québécois. Ils descendirent l'escalier en trombe, le mari poursuivi par sa femme qui le battait avec une enveloppe. En bas, elle l'injuria une dernière fois, lui cracha au visage et quitta la maison sans un regard en arrière.

Le secret de l'adultère de Fanucci se trouvait révélé au grand jour et, par conséquent, Jacopo n'avait plus de quoi le faire chanter. Il voulut s'éclipser, mais déjà Fanucci le tenait par le bras et lui disait : « Si je tombe, tu tombes aussi. »

Fanucci fit face à l'assemblée et, sans plus attendre, avoua que tout ce que sa femme venait de dire était vrai : il l'avait honteusement trompée. « Mais si j'ai si mal agi, dit-il, c'est en partie par la faute de cet homme qui, par sa vile présence, a corrompu mon jugement. »

Jacopo aurait voulu se défendre, mais il était paralysé. Il écouta Fanucci raconter à tous l'histoire de cette ancienne vie qu'il avait tellement voulu oublier. Fanucci avait eu le temps d'apprendre bien des choses à son sujet : sa mère, sa vie au bordel, et même des détails comme la cicatrice qu'un client lui avait faite au bras. Bien sûr, quelques-uns dans la salle auraient voulu prendre la défense de Jacopo, mais ils se turent lorsque Fanucci lui releva sa manche de chemise pour révéler la cicatrice en question.

Jacopo sortit la tête basse. Dehors, il faisait un temps incertain, avec une goutte de pluie ici et là. Ce n'était pas assez. Jacopo aurait voulu quelque chose de spectaculaire : du torrentiel, du diluvien, du mythique, de quoi tout éroder jusqu'à ce que le paysage entier en soit effacé, maisons, lampadaires et tout, et qu'il ne resta que la lune au fond du ciel comme une pièce d'argent au fond d'un puits.

* * *

La chute de Jacopo se poursuivit très vite. Les bourgeois ne voulaient plus de sa compagnie. Son argent fut vite dépensé : puisque les pigeons lui disaient toujours comment obtenir de l'argent quand il en avait besoin, Jacopo n'avait pris aucune précaution, n'avait pas placé un sou. Pas moyen non plus d'avoir un emploi raisonnable ; Fanucci utilisait l'influence qui lui restait pour empêcher qu'on l'embauche.

Jacopo perdit son bel appartement et se retrouva dans la rue. Maintenant, les mères, sur son passage, détournaient le regard de leurs enfants. Et les pigeons, eux...

Jacopo essaya bien d'aller leur parler, mais chaque fois qu'il s'en approchait, les pigeons se taisaient et lui tournaient le dos. Ils s'étaient tous donné le mot : c'était comme ça à la grandeur de la ville. Devant un pareil traitement, Jacopo se mit à cultiver une rage profonde envers les pigeons, une rage qui subsiste encore aujourd'hui.

De toute cette histoire, s'il y a une chose à retenir, c'est que les pigeons sont partout. Des pigeons dans nos parcs, perchés dans nos arbres, des pigeons sur nos toits et sur le rebord de nos fenêtres ; des pigeons gris pâle, gris ardoise, blancs, beiges, roux, des pigeons couleur des vieilles villes d'Europe. Les pigeons sont partout, et faites attention : ils cherchent peut-être une autre personne à manipuler.

Cette nouvelle a d'abord été publiée dans le numéro 131 de la revue Solaris.
J'en ai parfois raconté une version « remixée » adaptée à la présentation orale.
Voici la version originale.

Souvenir du Saudade Express

C'est par un bel après-midi d'automne, en 1862, que j'eus la chance de voyager pour la première et dernière fois dans le Saudade Express. J'étais fraîchement marié, et bien que nous n'en eussions guère les moyens, ma femme et moi voulions donner à notre voyage de noces une touche de classe. Une semaine de vagabondage nous avait finalement menés à São Paulo, d'où partait chaque matin le fameux train à poèmes. La pluie nous y avait devancés : je me rappelle comment les palmiers tremblaient avec nous, et comment la jupe de mon épouse fouettait ses jambes superbes alors qu'elle montait dans le train.

Rio nous attendait en bout de route ; Rio de Janeiro se faisait belle en attendant notre arrivée. Ce serait bientôt le carnaval, et j'en sentais déjà les odeurs de fruits, de sueur et de fête. J'aurais été impatient, mais les splendeurs du train suffisaient amplement à occuper mon esprit.

Un tapis aux couleurs riches et sombres parcourait telle une rivière la longueur du Saudade Express. Les boiseries sculptées des cloisons imitaient le style européen, et les sièges rembourrés étaient d'un grand confort. Les hôtesses paradaient dans des uniformes impeccables, et leurs mains, quand elles vous tendaient un verre, étaient douces et fines. Tous les agréments y étaient. Et pourtant...

Ce fut le dernier train de ce genre. Je me demande souvent si ceux qui l'avaient nommé se doutaient de ce fait, ou si c'est le choix du nom qui influença le destin. Le mot *saudade* se traduit, au mieux, par « nostalgie » ; mais on peut être *saudade* d'une personne que l'on n'a jamais connue, ou d'un bonheur qui peut-être a été aperçu, mais n'a jamais été. Quelques années après notre voyage, le train cessa de fonctionner, et personne ne sut le réparer. N'oubliez pas qu'il est question ici d'un pays qui devrait plus tard abandonner son premier bateau à vapeur, faute d'un ingénieur pour en prendre soin.

Je m'émerveille encore, après tout ce temps, de cette aberration technologique qu'est le moteur à combustion poétique. Dom Pedro II, en empereur cachottier qu'il était parfois, n'avait point précisé quel genre de recherches il avait amorcées. On savait bien qu'il avait assemblé un petit groupe de philosophes et de scientifiques pour se pencher sur des questions de littérature, de développement national ou quelque chose du genre. Tout ça était plutôt vague. Je crois qu'au fond il espérait que ces gens, par leurs idées et suggestions, viennent plus ou moins gouverner à sa place. Ils ne l'aidèrent pas sur ce point, mais lui présentèrent un jour le fameux moteur. Quelques mois plus tard, après de multiples essais et prototypes, l'empereur se promenait en triomphe dans les rues de Rio à bord de la première calèche à poèmes. Après trois ans d'efforts, on avait une locomotive viable ; en 1857 naissait le Saudade Express.

Nous étions donc dans ce train magnifique, ne sachant pas, à l'époque, combien ses jours étaient comptés. Les machinistes venaient tour à tour nous divertir, lisant à voix haute les poèmes qui alimentaient notre progression. Ils avaient fière allure dans leurs habits de soirée, même si certains avaient cet air maladroit des gens simples pris dans des habits de riches. Leurs voix emplissaient le wagon, s'élevaient et retombaient, rythmaient les mots à la cadence du train. L'un d'eux en particulier, un *mulatto* entre deux âges, avait de la verve. Il marchait d'un bout à l'autre du wagon et ses mains semblaient parfois voltiger d'elles-mêmes. Son style me plaisait, aussi lui suggérai-je de se joindre à nous le temps d'une tasse, si son patron le voulait bien. Il nous sourit au travers de sa barbe touffue, regarda ma femme un peu trop longtemps, puis nous fit signe d'attendre. Il revint peu de temps après, apportant lui-même le café. S'asseyant face à nous, il tira de sa botte une flasque d'argent, versa généreusement quelque alcool dans son café, puis nous dit : « Vous m'avez tout l'air de gens qui voudraient entendre une histoire. » Sans autre introduction, il commença son récit.

* * *

Il y a plusieurs années de cela se trouvait en bordure de Recife une usine à poèmes. Aujourd'hui fermée, elle faisait à l'époque des affaires d'or en fournissant en combustible les seigneurs du sucre, ces riches propriétaires des plantations environnantes. Ces derniers aimaient se visiter l'un l'autre dans leurs calèches à poèmes, de gros véhicules qui prenaient presque toute la largeur de la route. Ils étaient généralement accompagnés de quatre ou cinq esclaves : un à l'avant pour diriger le véhicule, un à l'arrière pour alimenter le moteur en poèmes et nettoyer les cendres, et les autres pour pousser le véhicule lorsqu'il restait embourbé, ce qui était fréquent durant la saison des pluies. Malgré cela, les seigneurs raffolaient de ces miraculeuses calèches sans chevaux ni vapeur, et c'était toujours à celui qui aurait le véhicule le plus rapide et le plus luxueux.

Oubliez ce que vous avez peut-être entendu ailleurs : un poème ne donnait de résultat réel que s'il était écrit de la main de son auteur. On aurait eu beau consumer une édition fraîchement imprimée des

Fleurs du mal de Baudelaire qu'on n'aurait pas avancé plus que de quelques pouces. L'usine dont parlait notre *mulatto* employait une quarantaine de poètes à temps plein. La plupart n'avaient que quelques poèmes qu'ils se contentaient de copier et recopier indéfiniment. Seuls les meilleurs avaient la possibilité d'innover.

Joaquim Lobato était l'un de ceux-là. C'était un drôle de personnage, un *mestizo* aux cheveux blonds et aux yeux d'un gris presque bleu. Il avait la parole rare mais le rire facile, et s'entendait bien avec les autres travailleurs car il ne se donnait jamais des airs. Une faiblesse au dos l'empêchait d'accomplir efficacement la plupart des travaux manuels, mais il savait manier la plume. L'usine avait été pour lui une solution idéale : il gagnait plus d'argent à gratter le papier que bien des gens à la sueur de leur front.

L'usine n'avait presque rien d'une usine traditionnelle, naturellement. Elle avait de grandes fenêtres pour laisser entrer le soleil, et des rangées et des rangées de bureaux séparés par de petits murs. Le petit-fils du patron, un gamin de sept ans, accourait sur demande avec plus d'encre, ou plus de papier, ou un verre d'eau, ou un jus de fruits. Il avait le sens des affaires : si on lui glissait quelques pièces, il mettait un peu de rhum dans le jus de fruits et n'en soufflait mot à personne. « Faut bien nourrir la muse », disait-on parfois. Ça devenait une excuse pour toutes sortes de requêtes. Certains employés savaient s'y prendre et obtenaient du patron qu'il les laisse travailler dehors, ou commencer plus tard le matin, ou décorer leur section.

Mais pour mériter ce genre de privilèges, il ne suffisait pas de recopier : il fallait composer. Joaquim avait développé un style personnel et produisait fréquemment de nouveaux poèmes de plus en plus efficaces. Pourtant, il ne comprenait pas plus qu'un autre les principes mécaniques ou magiques (insinuait-on) qui animaient le moteur à combustion poétique. Il avait simplement acquis une intuition qui lui disait quel type de rime ou de rythme aurait le plus d'effet.

Il y avait dans un coin de l'usine un moteur où il allait souvent tester ses nouveaux vers ou ses versions remaniées d'anciens textes. Parfois, la journée terminée, quelques employés s'y regroupaient tandis qu'un autre guettait à la porte pour ne pas que le patron les surprenne. On sortait alors les pires atrocités qu'on avait pu écrire, et on les passait au moteur pour voir quel effet ça aurait. Mario, un bon ami de Joaquim, était entré dans la légende pour en avoir tiré quelques étincelles ; personne encore n'avait réussi une explosion.

C'est ainsi que Joaquim menait sa vie, insouciant, jusqu'à ce qu'il aperçoive Cecilia.

* * *

C'était un soir de mai, et Joaquim marchait avec quelques collègues en direction du village. La journée avait été longue, et l'heure était venue de se désaltérer ; leurs gorges étaient sèches de tous les mots qu'ils n'avaient pas dits. Ils marchaient lentement lorsqu'ils croisèrent une calèche à poèmes soulevant la poussière du chemin. Les rideaux à l'arrière n'étaient qu'à demi tirés et laissaient entrevoir une jeune femme des plus exquises. Joaquim ne la vit que quelques instants, mais chaque ondulation de ses cheveux, chaque mouvement de ses lèvres s'imprégna dans son esprit. Elle ne l'avait assurément pas vu, car son attention était portée sur un objet qu'elle tenait délicatement. Étirant le cou pour un dernier coup d'œil, Joaquim vit que c'était une feuille de ce papier typique utilisé par la plupart des usines à poèmes. Il crut sentir son cœur s'arrêter. C'était un de ses poèmes, il le savait ; c'était un de ses poèmes que la créature lisait, c'étaient ses mots à lui qui agitaient ces lèvres délicieuses.

Ils arrivèrent à l'auberge assoiffés et épuisés par la chaleur. Tous eurent vite fait de s'attabler et de commander leur boisson, mais

Joaquim ne faisait que contempler son verre sans le boire. Mario le surprit à rêvasser ainsi et l'emmena à l'écart. Joaquim lui fit part de son trouble. Mario eut un sourire triste : « Elle ? Tu veux rire ! Tu ne sais pas à qui tu as affaire... »

Elle était la fille d'un propriétaire, le terrible Monteiro Nabuco. Nabuco était un homme prospère : sa plantation était la troisième de la région en superficie, et on disait à la blague que même ses esclaves avaient leurs propres esclaves. Il possédait un grand terrain parsemé de palmiers et d'orangers, le tout cerné d'un muret de pierres. Le joyau de la propriété était une villa antique qui s'étalait en largeur, craquait la nuit, et berçait son inévitable fantôme. Derrière la villa, la canne à sucre étirait ses longues pousses en rangs serrés.

Nabuco, malgré tout cela, était un homme aigri et sévère. Il menait ses hommes fermement et demandait que tout fonctionne avec la régularité d'une horloge. Il était veuf et n'avait pour toute famille que sa fille. Avec elle, il était à la fois strict et généreux. Elle vivait en réclusion presque complète, car il la laissait rarement aller hors de sa vue. Il la gâtait, par contre, dépensant sans compter pour lui amener tour à tour tailleurs, musiciens, conteurs et cuisiniers de grand talent.

Le vieux n'allait pas la laisser se marier avant longtemps, et surtout pas avec un pauvre ouvrier comme Joaquim, qu'il soit poète ou non. Il se voyait, avec sa famille, comme une classe à part. Il n'avait pas le sang bleu, mais venait d'une longue lignée de propriétaires ; on aurait pu dire que l'argent lui coulait dans les veines. Le sang de Joaquim, lui, était pauvre, et partiellement hollandais, par-dessus le marché.

Cette nuit-là, Joaquim ne dormit guère, et le lendemain soir il marcha jusqu'à la propriété Nabuco. Les nuages cachaient la lune, et il put, avec précaution, s'avancer jusqu'au sinueux muret de pierres. La villa s'étendait devant lui, somptueuse, mais il n'en voyait pas les charmes. C'était pour lui une forteresse et une prison tout à la fois. Il retourna à sa demeure sans avoir aperçu ne serait-ce qu'un cheveu de la belle Cecilia. Au moins, il avait maintenant une idée des lieux où elle habitait. La propriété devait bien compter une trentaine d'esclaves, une dizaine d'ânes et de chevaux, ainsi que des trésors innombrables. Elle était aussi gardée par deux chiens noirs aux pattes longues et aux dents nombreuses. Leur présence fut pour Joaquim un sujet d'intense méditation.

Il retourna bientôt à la villa Nabuco, mais fit d'abord un détour par la boucherie pour acheter quelques cadeaux.

Il passa bien des soirs à épier ainsi Cecilia. Elle sortait parfois marcher sous la lune, accompagnée de sa vieille gouvernante. Joaquim maintenait alors un silence religieux et, après quelques douces minutes, retournait chez lui, ne pouvant souffrir de regarder trop longtemps celle qu'il ne pouvait avoir.

Il se mettait à l'écriture chaque matin avec ferveur. Il ne se lassait jamais d'écrire au sujet de Cecilia. Ses yeux étaient comme la mer par une nuit sans lune, disait-il. Sa peau avait la couleur du café au lait, du pain au sortir du four ; elle évoquait la chaleur des dunes. Ses oreilles avaient la délicatesse des coquillages. Loin de l'être aimé, le cœur ne battait plus qu'un coup sur deux, et les étoiles étaient cruelles et dures.

Chaque poème terminé, il le testait. Rares étaient ceux qui faisaient l'affaire : dans sa fougue, il trouvait difficile de se limiter aux rythmes et approches qu'il savait, par expérience, être efficaces. Il mettait de côté ses poèmes « ratés » et, le soir, les rangeait amoureusement dans un tiroir. Il copiait et recopiait les autres jusqu'à ce que les mots soient gravés dans sa mémoire. Il les voyait comme autant de messages embouteillés lancés à la mer, flottant un peu partout dans l'espoir qu'une main longue et belle les ramasse et que des yeux noirs les lisent.

Les poèmes, en fait, étaient empilés dans des caisses et entreposés dans une cabane mal isolée. Si la demande était basse, ils y moisissaient quelques jours. Les caisses destinées à Nabuco et ses voisins étaient ensuite lancées dans un chariot branlant qu'un vieil âne tirait péniblement sur la route poussiéreuse. Quand le soleil plombait, l'animal sentait particulièrement mauvais et des mouches le suivaient en bourdonnant paresseusement. Mais, quand même, les poèmes étaient aussi des messages lancés à la mer, et l'eau de la mer était bleue, et les vagues scintillaient au soleil.

* * *

Joaquim désespérait de revoir Cecilia en promenade sur la route pour qu'il puisse, peut-être, lui adresser un mot. Lorsqu'il allait au marché, il prêtait toujours l'oreille aux potins des villageois et retenait chaque détail ayant trait à Nabuco, sa fille ou sa villa. Il rencontra à l'auberge un homme qui, à l'occasion, leur livrait des provisions. Joaquim prit l'habitude de lui payer un verre lorsqu'il le voyait, et le livreur lui racontait ses visites et sa vie en général. Joaquim écoutait chaque anecdote avec une attention soutenue, ne voulant pas qu'on remarque son intérêt exclusif pour Cecilia.

Cette dernière, disait le livreur, jouait de la guitare avec la grâce d'un ange. Elle aimait à prendre du soleil près de la fontaine qui murmurait derrière la villa. Elle y invitait parfois sa gouvernante qui s'asseyait pesamment alors que Cecilia lui lisait des poèmes. Quel genre de poèmes étaient-ce ? Certains reposaient dans des livres reliés en cuir ; d'autres étaient écrits à la main sur de simples feuilles. Que disaient-ils, ces poèmes ? Le livreur ne s'en souvenait pas très bien : quelque chose au sujet d'une peau ayant le goût du désert, ou d'un œil comme un coquillage.

Après ces rares entretiens fructueux, Joaquim retournait chez lui sur un nuage. Il allait devoir faire preuve d'audace. Il se mit à rendre ses poèmes de plus en plus spécifiques : il mentionnait à mots voilés la fontaine derrière la villa, ou la tyrannie de Nabuco père. Mario était toujours convaincu que c'était une cause perdue. Il se faisait quand même son complice, l'avertissant si un vers devenait trop indiscret ou une allusion trop directe. Joaquim, patiemment, écrivait et récrivait: « Je vis chaque jour dans l'espoir d'entrevoir / le mouchoir blanc le soir à ta fenêtre. »

Un soir qu'il se tenait encore dans le noir près du muret, il vit Cecilia sortir seule et entreprendre d'un pas lent le tour de la villa. Joaquim décida de tenter sa chance : il gravit le muret en douce et alla se cacher parmi les orangers. L'un des chiens le reconnut et vint le trouver, la queue branlante. Joaquim lui lança son habituelle offrande de viande, puis s'approcha discrètement du chemin. Cecilia passa sans même le voir, et Joaquim fut si ébloui de la regarder de si près qu'il en oublia presque son plan. Reprenant ses esprits, il l'interpella à voix basse. Cecilia se retourna en sursaut, puis fit un pas en arrière en l'apercevant. Avant qu'elle ne s'enfuie, Joaquim prononça les premiers vers d'un de ses poèmes les plus chers. La jeune fille le dévisagea curieusement, encore un peu effrayée.

— Le poète... c'est toi ?

— C'est moi.

D'une voix douce, il reprit son poème et le récita en entier. Les mots, familiers, coulaient aisément, et Cecilia se laissait bercer. Elle écouta les derniers vers les paupières baissées, un soupçon de sourire aux lèvres. Ses yeux, lorsqu'elle les rouvrit, étaient encore incertains. Sans un mot, elle se retourna et s'éloigna rapidement.

Joaquim retourna chez lui bouleversé, et ne dormit pas. Il ne savait que penser. Il passa la journée à recopier ce même poème qu'il avait récité la nuit dernière, examinant chaque mot comme pour y trouver une faiblesse. Le soir venu, il mangea sans appétit et prit le chemin de la villa.

À la fenêtre de Cecilia, un mouvement attira bientôt son attention. Là, ballotté par le vent, se trouvait un mouchoir blanc.

Joaquim passa le muret en moins de deux et reprit son poste de la nuit précédente. Il vit bientôt une porte s'ouvrir : l'entrée des domestiques. Bondissant presque, il entra.

* * *

Au début, Joaquim ne pouvait croire en sa chance. Pendant un mois, il visita Cecilia assidûment : une, deux, trois, quatre fois par semaine. Le truc du mouchoir était trop évident, et elle en vint à mettre une chandelle à sa fenêtre. Si la chandelle se trouvait à droite, Joaquim savait qu'il serait trop risqué de s'aventurer par-delà le muret ce soir-là. Si elle se trouvait à gauche, cela signifiait que la voie était libre. Cecilia l'accueillait alors, lui racontait ses rêves, lui lisait parfois quelque chose qui l'avait marquée durant la journée. Elle était merveilleuse.

Elle était aussi une amante insatiable. Elle le gardait avec elle jusqu'aux petites heures du matin, au risque que le soleil se lève avant qu'il ait pu s'enfuir. Il retournait souvent chez lui exténué, et avait de la difficulté à rester éveillé au travail. Il était à la merci des caprices de Cecilia. Sa chambre, pourtant luxueuse, ne lui suffisait pas ; elle l'avait attendu un soir près du muret, et l'avait entraîné dans les champs où ils avaient sans doute fait rougir la récolte. Un autre soir, ils avaient presque été surpris dans la salle de lavage, et Joaquim s'était enfui enveloppé dans un drap blanc. Le lendemain, la rumeur courait parmi les esclaves que le fantôme de la villa était apparu à nouveau : il faisait bien huit pieds de haut et ses yeux étaient telles des braises.

Tout allait bien jusqu'à ce qu'il se présente à la villa, un soir, et découvre que le vieux Nabuco avait posté des gardes. Trois gros nègres l'avaient empoigné et transporté sans grande tendresse jusqu'à la route. « Le patron, vois-tu, il se doute bien que quelqu'un rôde alentour de sa fille. Il n'aime pas ça. Mais la jeune maîtresse nous a dit de ne pas trop être méchants, et nous, on l'aime bien, la jeune maîtresse. Compte-toi chanceux. »

Terriblement frustré, Joaquim s'était replongé entièrement dans son travail. Il désespérait de revoir Cecilia, mais ne savait comment s'y prendre. Personne ne pouvait rien pour lui. Il n'osait passer trop de messages dans ses poèmes, car Nabuco avait peut-être commencé à les lire. Il se contentait d'écrire machinalement pour atteindre son quota hebdomadaire. La vie était morne, et il regrettait d'être né.

* * *

Une semaine s'était écoulée lorsqu'un changement s'opéra en lui. Il retrouva tout son enthousiasme pour l'écriture, et se mit à rester au travail très tard. Le patron, lui faisant confiance, le laissait rester seul dans l'usine après que tous soient partis. Il trouvait bien curieuse une telle ardeur, surtout que Joaquim ne produisait pas plus pour autant, mais il se doutait qu'il pourrait en tirer profit éventuellement.

Il fallut à Joaquim deux semaines de ce travail frénétique avant qu'il ne soit satisfait. Le résultat, en fait, dépassait ses espérances. Un soir, alors qu'il était seul à l'usine, il prépara une caisse qu'il étiqueta au nom de Nabuco et la plaça dans l'entrepôt. Chaque jour par la suite, il visita l'entrepôt avant de rentrer chez lui, pour voir si la caisse avait été livrée. L'impatience le rongeait. Il passait à l'auberge chaque jour, espérant y rencontrer le livreur qui l'avait renseigné auparavant, mais l'homme n'y avait pas été vu depuis un mois.

* * *

Le cœur battant une samba affolée, il se trouva finalement sur le chemin de la villa. Le vent le faisait frissonner. La caisse avait disparu de l'entrepôt ce jour-là, et son plan arrivait à terme. Joaquim s'approcha de la propriété autant qu'il l'osa, profitant des nuages qui masquaient la lune. Tapi derrière un arbre, au bord du chemin, il attendit.

Un siècle sembla passer.

Puis un autre.

Un grondement lointain se fit entendre et prit rapidement de l'ampleur. Quelques oiseaux brutalement réveillés s'envolèrent dans un vent de panique. Joaquim serra les dents, se leva...

La barrière qui fermait le muret s'ouvrit en claquant pour laisser passer la calèche à poèmes de Nabuco. L'engin massif allait à une vitesse surprenante, et accélérait encore. Joaquim se mit à courir vers la route, s'éloignant rapidement de la villa. Le véhicule le rattrapa facilement et Joaquim s'y agrippa au passage. Il lui fallut toutes ses forces pour ne pas lâcher prise alors qu'il se hissait vers le siège du conducteur. Le vent lui fouettait le visage et l'accélération lui coupait le souffle.

Cecilia cria son nom, tapie à l'arrière du véhicule. La calèche brassait dangereusement et menaçait de quitter la route. Joaquim gagna tant bien que mal la place du conducteur. Comme il se battait avec la barre de direction, il sentit la main de Cecilia sur la sienne. À eux deux, ils ramenèrent le véhicule vers le centre de la route. Cecilia le gratifia d'un large sourire, puis reprit sa place près du moteur pour y enfourner d'autres copies du dernier poème de Joaquim.

* * *

Nabuco, immédiatement alerté, tenta de prendre en chasse les deux amants, mais c'était peine perdue. Un esclave avait bien sellé les chevaux aussitôt la calèche partie, mais cette dernière avait pris une avance impressionnante. On la retrouva loin sur la route, inutilisable, le moteur encore fumant. Des jeunes amoureux, nulle trace, mais on dit qu'ils se sont réfugiés en Argentine où ils vivent encore heureux.

Il ne restait dans la calèche aucune copie du poème qui l'avait propulsée si rapidement. Par contre, on retrouva à l'usine quelques ébauches sur le bureau de Joaquim. Elles étaient dans un style nouveau : le poème ne comportait que trois strophes, et la métrique de la troisième imitait celle, fort inhabituelle, de la première. Cette forme devint vite populaire auprès des poètes machinistes de toute la nation et contribua à l'essor des trains à poèmes.

* * *

J'avais écouté cette histoire avec intérêt, et lorsque le *mulatto* eut terminé, je le remerciai de bon cœur. Il aurait bien discuté quelque temps encore, mais un collègue entra dans le wagon et lui fit signe que sa pause était terminée. Lorsqu'il fut parti, je remarquai que ma femme me souriait d'un air complice.

— Tu ne m'avais pas raconté tous ces détails.

— C'est de l'histoire ancienne. On n'a pas duré trois mois après ça. Cecilia ne pouvait simplement pas s'intéresser au même homme très longtemps. J'ai rencontré sa gouvernante par la suite. Elle m'en a conté des belles... Disons que Cecilia avait eu beaucoup de compagnie avant moi, déjà. Je n'ai pas été le premier à jouer les fantômes dans cette villa.

— Ha ! Mais quand même... « Des yeux comme la mer par une nuit sans lune »... Tu ne m'as jamais dit ça, à moi.

Je ne pus m'empêcher de sourire.

— Tes yeux sont verts. Maintenant, parlons d'autre chose, veux-tu ?

Achevé d'imprimer
en septembre deux mille deux, sur les presses
de l'Imprimerie Gauvin, Hull, Québec